Library of
Davidson College

VÍSPERAS

Un aire litúrgico recorre este libro, bitácora de la pérdida y la recuperación. Ecos de culturas milenarias, la luz y la penumbra de sus credos muestran el rumbo de una exploración sobre la fugacidad de la poesía, del tiempo o del concilio amoroso.

Retrato hablado de la Poesía, trazos, a veces manchas de su difuminado perfil.

Por su territorio deambula una María mítica, dolorosa y curativa que parece ofrecernos la paradoja de encarnar, a la vez, la salvación y el aniquilamiento.

Pulido en su exigencia y soltura musical, este libro rinde homenaje a Rilke, Apollinaire, Cioran y Rexroth. La exaltación de los sentidos, la búsqueda de la comunión entre lo mundano y lo divino están presentes en las *Vísperas*, día que antecede al suceso y a la fiesta, momento en que la luz agoniza y la noche aún no llega.

En esta hora, Myriam Moscona no busca explicar el misterio, sino alumbrarlo.

MYRIAM MOSCONA (D. F., 1955) es autora de *Último jardín* (1983), *Las visitantes*, con el que obtuvo el Premio Nacional de Poesía Aguascalientes en 1988, un pequeño libro de poesía para niños titulado *Las preguntas de Natalia* (1992) y *El árbol de los nombres* (1992). Publicó también *De frente y de perfil, Semblanzas de poetas* (1994), con fotografías de Rogelio Cuéllar. Tradujo, en colaboración con Adriana González Mateos, *La música del desierto*, de William Carlos Williams, labor por la que obtuvo el Premio Nacional de Traducción de Poesía, 1996. Pertenece al Sistema Nacional de Creadores de Arte.

MYRIAM MOSCONA

VÍSPERAS

letras mexicanas

FONDO DE CULTURA ECONÓMICA

Primera edición, 1996

Este libro, salvo el poema *El árbol de los nombres,* fue escrito gracias al apoyo del Sistema Nacional de Creadores de Arte.

D. R. © 1996, FONDO DE CULTURA ECONÓMICA
Carretera Picacho-Ajusco, 227; 14200 México, D. F.

ISBN 968-16-5085-9

Impreso en México

I. LA ANUNCIACIÓN

Si consideramos la obra poética como la fecundación de un espíritu por otro a través de la palabra (a semejanza de la fecundación natural), entonces esa idea nos recuerda el amor de los ángeles por las cainitas, o lo que es lo mismo, la cópula con un animal.

Nikolai Gumiliov

LA MIRO desde el agua: viene a ofrecerse en la *fornicación del nombre*. Dibujo su sombra, le hablo a lo negro del oído. Oh, amarga. No te toco. Acaso el ojo sólo deba verte y regresar.

Quise conocer la exultación de su carne. Por ella cubrí mis caderas con sedas de Oriente, fortalecí mi cuerpo, posé mi vida en torno de su gracia.
Por ella aprendí a rezar.

Quise sus ojos, depravarme en sus cuidados, sacrificarle carneros. Y le agradaron mis costumbres: bebió de mi mano, se ocultó tras mis zarzales, durmió bajo el castaño de mi casa y una noche se detuvo en mi borrador.

Trazó unos signos, me mostró el camino que conduce a la muralla, y al dibujar sobre el papel una ciudad, se perdió en las líneas como un perro imaginario.

La palabra le rompe la apariencia. "¿Adónde vas, María?" Se eleva. Llueven siglos de cristal.

LA CUBRÍ de unciones, le di leche de cabra, le entibié pócimas en el caldero. Puse amapolas en su lengua, inyecté en sus pupilas mis visiones, apreté contra su mano una semilla. "Aquí está la utopía del árbol", le dije, pero ella se negó a hablar.

Enlodé sus pies para imprimir las huellas de su nombre, caminé sobre esas huellas pero no pude regresar. Escuché una voz que me decía: "Come de estos rollos, mi muchacha". *Miré y vi que se tendía una mano con un rollo. Lo desenvolvió ante mí, estaba escrito delante y detrás.*

Como Ezequiel, comí de La Palabra.

AL PRONUNCIAR su nombre, despertó. Le entregué un atado de flores silvestres y cubrí mi cara como una madre que enciende las velas del shabath. Dije entonces: "Bendita seas en la tierra". Atrajo las flores a su pecho. Aprendí a dormir sobre su carne, a lavarla con albahaca, a pagarle tributos.

Cuando se anda a pie quebrado y se encabalga en línea recta hacia el sendero donde el yambo ofrece su verdor, se llega a dominar el borde. Desde ese punto el descenso brilla y se dilata. En todos los sentidos la cumbre apunta hacia el vacío.

Quise las piedras de su corazón. Por ellas escuché la oscuridad en una plaza desierta. Quise cuidarlas como a la perla azul del pensamiento. Vi al sol cavar la noche en las primeras luces de los cielos. Y en esa hora ciega supe que jamás regresaría. En mi deseo de amar las piedras las arrojé de mí para que el silencio pudiera abrir su reino entre nosotros.

Buscaba olvidarla, pasar de largo, negar el tiempo que me dio: uva malograda.

Ni en los antros de la noche, ni en el fulgor de la mañana encontraré lugar para vaciarme en la derrota.

La cáscara del árbol cae sobre los charcos de la ciudad. Escribo bajo la sarna de su fronda. Una muchacha me levanta. "¿Duermes?", me dice. A cambio de su voz me pide el árbol donde crecen los alveolos, y me doy a su sadismo, a su silencio, a sus alas de madre.

En el espejo de agua recogió los nombres y se fue al columpio del jardín. Se meció con ella, la hizo mirar los túneles del cielo. De ahí se desprendió la mariposa. Tenía nervaduras y respiraba por el ala como un bosque. Mi hija tuvo en su cuerpo la prueba de su voz.

La vi palidecer en los ríos de abril y en las noches donde mostró sus hendiduras. *Padre nuestro que estás y no estás.* Aun en la palabra, aun en la música y en la cifra del corazón quedarán sus dentelladas.

En la orilla del almiar me descalzó sobre un montículo de espinas. "Abre la boca", me dijo, y puso allí un holograma. Fui la noche oscura de san Juan y la muerte esquiva de Teresa. Tuve a España de sandalias y al juglar de las burlescas. Sólo tengo por mengua no vaciarme por hablar.

No estuvimos en la tierra austral ni en la quietud del Tiberiades. Donde quisimos entrar nos detuvieron. No bajamos al desierto de Sodoma, ni gozamos los círculos que Dante trazó para los hombres. Los arrabales que quisimos visitar estaban tapiados. "Eres tal vez la última pieza", me dice, y me hace creer que sin esa orilla el animal de la escritura estaría mutilado.

Como el guerrero vencido, me amarro al cuerpo de esta planta, al olor de este deseo: perro echado a los pies del corazón que duerme allí desde mi infancia.

II. MAITINES
(Sueños con R. María)

Baja hasta mis manos
y para recibirlo sólo tengo

el sueño donde lo veo desvestirse.
Me da su ropa vieja

lo veo partir
asido de parvadas migratorias.

Lo llevan
clavado a los versos

que también yo repito para atarlo.
Envuelta en el poeta

despierto con *modesta eternidad.*

TRAZA la fe,
pronuncia el gong de lo indecible

vuelve y dinos si esos *imperios de serenidad*
fueron sólo arena en el dibujo de las playas.

Dinos
si por ocultar los nombres

tus dioses te ofrendaron el jardín
de aquella rosa que te condujo hacia mi cama.

Hundes tu enfermedad,
tu fiebre exuda por mi cuerpo.

Para aplastar estas visiones
un puñado de sal bajo la lengua.

Toco las grietas de tu cuerpo
en el jardín violáceo de la nieve.

La luz se esparce entre mis manos.
María puede conducirme.

Entre el piolet
en las primeras sangres de la nieve.

En ningún lugar, amada,
llegará a haber mundo sino adentro.

Nos fuimos lejos de la nieve
recibimos los brotes de las ramas

hasta el momento en que la muerte
nos ablandó los cuerpos

bajo la fronda del castaño.
En la viscosidad de la mirada

en la ofrecida sangre de la boca
la palabra cae

para edificar su resonancia.

Dormitaba junto al árbol.
"Despierta, ha llegado la hora."

Su cuerpo, un pergamino escrito,
se tendió en la arcilla.

Digo María para que enciendan las aldeas
para que me amordacen sus palabras.

Escucho algo que viene
de muy lejos.

Dicen
que quieren salvarte.

Llena su copa.
Cubre su torso de palabras.

También yo doy la boca
y siento la arcilla levantar mi esqueleto.

Los pájaros
ennegrecen el vértigo del cielo.

Me lo dijo María
en las Auroras:

"Nacer sólo se puede
fuera del paraíso".

Y me arrojó la semilla
y entre dos piedras quedó prensada.

Nuevamente
la utopía del árbol

        atrapada en el silencio.

III. LAUDES

A Carmen y Álvaro Mutis

El árbol de los nombres

ANTES de ser nombrados,
antes aún que el animal
perdiera su extensión sobre nosotros,
caías sobre mí.

I

El rodeo nos hizo mansos, graves.

Qué sustracción magnífica
confundirse en el otro.
Y tus ojos miraban por mí.

Tu voz en nuestros lazos.
Pasaron las palabras.
Se insinuaron lejanos vaticinios.

Moluscos con su valva colorida.
Bajo la protección de una espiral,
nos fragmentamos.

Un aviso, una voz, un salmo:
> *persiga el enemigo mi alma,*
> *alcáncela y échela por tierra*
> *y haga habitar mi gloria en el polvo.*

Se abría la noche.
En su incesante pulsación
lavamos nuestros cuerpos.

Se escucha el tren.
Nombramos, nuevamente nombramos.

La palabra nos une y nos dispersa.

II

Entre las ramas del olivo
soñamos el verano.

En un vaso bebemos la plegaria.
El agua nos circunda.

¿Dónde quedaron las fronteras?
Pisamos en el mismo territorio:
        Aleph
        Beth.
Somos la circunstancia, somos nombres.
Ampáranos, protégenos.
¿Me escuchas?
Confirma y fortifica este halo.

En este espejismo,
en este tiempo
  que merma el tiempo que nos resta,
perturbamos el vuelo de los cuervos.

Silba el tren.

Sus ventanales filman acuarelas:
estamos en Granada
   en Esmirna
   en Varna
   en Plovdiv
en el puerto de Haifa.

Sólo con el aliento volveremos
adonde los estoicos fingen entereza.

Las bolsas del correo
sobre el furgón de carga.
Descienden pasajeros.
Los vemos abrazarse.

El horizonte: "círculo máximo
   de la esfera celeste".
Bajo ese domo,
entre el aleteo y el sudor,
buscamos una sombra.

El rumor de otro tren.

Madre-Padre,
voces que con Job preguntan:
  ¿No es la desgracia para el inicuo
  y el infortunio para los obradores de iniquidad?

¿No está Él mirando mis pasos?
¿He caminado fraudulentamente
o corrieron mis pies tras el engaño?
Nos metimos con él
en estanques de leche.
Junto a él leímos sus plegarias.

Dormimos sin contar el tiempo
y las yemas apenas se rozaron.

Proteja la intemperie este sosiego.

Nos levantamos en quietud,
      nos detenemos.
También Job
      fue perdonado.

III

Un árbol subterráneo nos sostiene,
el árbol de los nombres.
En las auroras de la noche,
nubes de lodo y plata
y la arcilla que enciende el costillar.
Bajo ese manto,
la mandrágora abre sus raíces,
unta su sexo,
su vaho, su veneno
y una red más extensa que sus brazos.
Un estanque de tinta nos dibuja
la diosa negra entre las piernas.

Soltaste,
al menos un instante,
            las amarras.

Ante nosotros,
una inmensa cavidad.

Vemos las Pléyades ondear al fondo
   y al oriente
      la estrella Aldebarán.

¿Dónde había diluido sus
últimas gotas la conciencia?

Y nos perdimos tras el velo
            de la risa.

Con el calor del meridiano
los nombres se dibujan en los vidrios.
La luz abierta hacia tus ojos.
Todo disuelto a nuestro paso.

El paladar
siente la ligereza de la hostia.
Hemos violado el cautiverio.
Nos cubren las palabras:

Si quieres que te siga amando
regrésame el tiempo en que te amaba.

Como un oficiante, a oscuras
viste el mar abierto ante nosotros.

Y escuchamos a los sauces,
las señales del camino.
Después nos acercamos a la costa.
En el reflujo,
    como arterias
    de un corazón fuera del cuerpo,
        nos abrimos.

IV

¿He visto el esplendor del meridiano?
¿Por qué hay ceniza en mi visión?
¿Qué me encandila y me suspende?

Enfrente de los cuerpos, un estrecho,
                una falla.
¿Cómo podremos conservar el equilibrio?

¿Ser en el polvo
lo que los astros son en las galaxias?

Hace milenios perdieron combustión.
Ahora, ante su luz nos recordamos.

Nuestra imagen se abrió como un combate.
Nos sentamos a orillas del abismo.
    Vimos al águila
destazar sus cadáveres,
   a las rémoras
dispersarse entre medusas.

Nuestro espíritu bebe
el trabajo del sol
           y su plomiza nata.

Con una sola boca nos saciamos.

Me pierdo en el umbral, en el deseo
           que todo lo erosiona.
La mandrágora crece a nuestro lado.
Nos narcotiza su poder.

Nada alrededor. Sólo nosotros.
Sólo el miedo.

Se asoma el guardián,
el timón. Se abre la limera.

Hemos cambiado el movimiento.

El azar nos condujo al viejo muelle.
La bruma,
la ropa blanca
           de los viajeros,
la mordacidad de los marinos
anestesiaron nuestros ánimos.

No pudimos partir.

Un ave más veloz que nuestra vista
deja su ráfaga oscura en el verano.

¿En qué estación creímos conocernos?
¿Quién martilló nuestras conciencias
con sus reclamos,
con su aparente afinidad?

¿Qué saben ellos
de este embarcadero?

¿Han bebido la baba del molusco?
¿O acaso vieron a los hombres
romper a dentelladas sus escamas?

V

Ciudades como templos.
Peldaños que descienden hacia Oriente.
Las campanas de plata
tintinean sobre El Libro.
Túnicas blancas
como un cielo extendido sobre el campo.

De cara al tabernáculo
entramos a rezar
y vemos a los viejos
ceñir las filacterias en el pulso,
             en la frente.

Giramos,
¿escuchas la liturgia?
Te Deum.
Te Deum.

Y recogemos las palabras.
Los oficiantes
se alimentan de su herrumbre.

Comienza el rito
sobre las sílabas sagradas
sobre las sílabas magenta.

Dime, nosotros
¿cuándo olvidamos las plegarias?

Se inicia el gran silencio, la estación.
Abrimos la calenda, traemos dioses,
nos sobra el brillo
    y la mirada venerante.
Vaciamos el aceite
para que ardan estas velas,
y perduren sus llamas y propicien el perdón.

VI

Halo invulnerable, tiempo:
dame la altura de las aves.
Sácame de este círculo concéntrico:
Ábreme, dame una espiral:
desata esta linfa,
quémame en la lumbre del agua.
Invulnerable,
dame la pasta, el cauce, la materia
para grabarte en la memoria.
Digo en sueños tu nombre.
Un ave se disuelve en las alturas.

Desapareces.
Un pez se desintegra en el mar.

VII

Allegamos los pies
al calor que nos levanta.
Nuestros cuerpos se entregan al ascenso.
Un halo nos empuja hacia la cima.
He aquí
los que se desvistieron frente al mar
y arroparon su palabra:
   Éste es el rostro, éste es el cuerpo.
Desde la lengua,
en el revés de las membranas,
en la médula más honda
        nos elevamos.

Ya el espejo asoma curvaturas:
perdimos simetría.
No miramos al cielo.
Sólo a la mandrágora.
Sólo a los estragos.

VIII

Un ámbar suspendido de los cielos.

Todo se esparce
    se pulveriza
    se arropa de alas.
Todo se eleva.
¿Somos nosotros frente al mismo meridiano?

¿Cuál es el camino por donde se difunde la niebla,
por donde se echa sobre la tierra el viento solano?

Neblinas. Mares. Lluvias,
venid a instaurar vuestro elemento.

¡Oh, línea imaginaria
que en sus ondas divide continentes!

Colmados de plegarias
la oblación lentamente nos conduce.

Veteadas como el cielo
se abrieron las puertas de la muerte.

IX

Del austro viene el huracán,
viene del septentrión el frío.
Escucha,
escucha la caída de la nieve.

El corazón,
       soluble en el verano,
conservará mis huellas digitales.
Viene el oleaje, la palabra,
       la memoria.
Viene el ojo que todo lo presiente.
Que los nombres derramen su poder.

La ventisca desata las suturas.
La lluvia como un río vertical
anestesia el sexo de las plantas.

Las acequias
     los espejos:
todo abierto,
  todo hundido,
todo jadeando su humedad.

Aguardamos la entrada del verano.
¿Escuchaste la voz?
Ninguna zarza ardiente la acompaña.
Tuvimos miedo de perder el viaje
y el cielo se negó a darnos alimento.

Desciende Dios con su lujuria.
Nos da sus nombres, sus linderos,
                sus ayunos.
Las percusiones bajan
            para golpear al corazón.

MISAS DEL MAR

> las misas del mar
> irrumpen como una fuente
>
> DYLAN THOMAS

DE LA misma huella, de la misma voluntad de
   recogerse
crece en la revelación del mar el tiempo recobrado.
Su golpeteo agita en la sangre estas visiones.

Veo en el azogue del alba
el vestido de Ofelia confundido con las flores del mar,
corazones flotantes que en su morosa putrefacción
abonan el jardín de los corales.
Veo a mi padre tendido junto a Ofelia.

¿Acaso me perdió en el umbral de la montaña?
Se echó a dormir entre los perros.

Ella le acerca espigas del vestido.
Ahogado en su propia muerte
parece respirar la savia
de esa vegetación ficticia.

Lo veo tendido en el estero.
Ofelia lo reconforta, seca el cristal de las heridas,
liba el dulzor que supura su carne.

Frotación del viento,
dunas que el sol agiganta entre los pies.

No puedo pedir por ti,
no tengo, padre, voz para salvarte.

Se despeña la U del vendaval.
En el bajo cielo
gira el gorrión y cae
para beber del cuenco de mi mano.
The sparrow/the sparrow
¿Escuchas padre?
El gorrión entró en Babel
y ahora somos lo que nunca nos dijimos.

Bebo del cáliz. Ayúdame a recordar.

Estría la carne un herpes, así recorro la memoria.
El velero en la dársena del puerto,
los últimos abrazos en la tierra.

La muerte anunciada en la niñez,
susurrada, deshecha,
pan crudo en la mesa de amasar.

En los racimos de la noche
recuerdo a su mujer. Miraba el cielo y Orión se disolvía.
Recuerdo pero no puedo revivirte. No puedo pedir por ti.

Y así quedó ante nosotros
asido de una mujer festiva
presta a lavar sus pies después de las batallas.
Yace en su corazón como una adormidera.

Palabras. Giran. Voces.
¿Acaso su escritura es mi castigo?
¿Negarán nombrar lo que mi corazón alumbra?

Las hormigas trazan una cruz.
Sobre la carne forman alfabetos.
"En el principio está tu fin",
parecen escribir con el poeta.

IV. TERCIA
(Piedra sobre piedra)

DISPERSIÓN

Me arranco esta bata persa
y los pétalos de loto
vuelan por el cuarto.
No quiero reflexionar sobre este hecho.

Sin embargo, los colores caídos,
mi cuerpo desnudo,
tiritando,
me recuerdan la dispersión.

Las estrellas
pican de anís la noche oscura.
Me miro diluida en el vacío de Dios
y no en tus brazos.

ESTACIÓN

A Jorge Esquinca

Casi unido a la tierra
viajas tomado del ancla
que te conduce como ciego.
¿Llegarás al próximo destino?

Los destinos son siempre insobornables.
Pregunto, hermano,
pero las líneas del Libro
sólo me traen la forma de los rieles.

Lejos de aquí, desciendes
con tu bastón de mando
y tus ojos sobre el aura de otras viajeras.
La esfera de cristal se quiebra: la arrojo al tiempo.

Te vi pasar. Buscabas en la lluvia a la virgen oculta
bajo el calor de tu saco en un cuarto de hotel.
Del otro lado del vidrio te vi encontrarla
y a ella derramarse un líquido oscuro en el vestido.

El tiempo se hacía lugar
como los rezos dentro de un cuerpo en trance.
Ahora el tren te acercará al encuentro
de todo lo que ya perdido

podrás tener unos instantes en la mano.
"Llévame", te dije.
Tendimos nuestros brazos y sobre esos rieles
se deslizó un largo tren de carga.

PALOMAS EN EL LECHO DE MI PADRE

Oigo a los perros que te llaman. Apenas una niña, despierto, me lavo y vuelvo a ti. Ningún aviso. Sólo los perros en los ojos de Asís, en los del viejo rabino. Todo está en su sitio, el rosario, el árbol de palabras. Nos encontramos ligeros pero *también de espaldas, también en la actitud de alguien que se va.* Descansa, las bestias se han callado. El árbol se sacude a las palomas. Ellas, sin peso, se posan en tu liviandad.

SON PARA EL VACÍO

Un hombre o una mujer
son para el vacío, lumbre.

"Cada uno para sí y el diablo para todos."
Así cantaba mi padre junto a Robert Frost.

Iba a la cocina
a lavarse en la sangre del cordero.

No era brujo ni gitano.
Sencillamente estaba muerto.

VELACIÓN

Voy a ti como van los hijos a derramar arena en los ojos de sus padres. El oficiante conduce mi mano. ¿Escuchas el lápiz sobre tu cuerpo? ¿La fiebre arrastrada hasta tus días? La memoria traza las luces que volaban en mi infancia. ¿Eran joyas o pájaros lejanos? "Ojalá pudiera volverme una fuente de lágrimas en las manos de Dios, volverme madre, tenerte, elevar el universo al rango de la música."

Calzo tus zapatos, las hormigas suben por mi cuerpo, disipan el pensamiento en la ciencia del corazón.

EN LOS ESTEROS
DEL USUMACINTA

Tiendo mi vida
en su templo de carrizo,

la tiendo
bajo sus ojos lácteos.

Las palmeras atestiguan mi destino
en esta tarde

que horada para siempre mi futuro.
¿Quién es

bajo los cocoteros
este viejo que no ha cruzado

la diagonal del río?
Sus ensalmos

lavan
los sedimentos de mi corazón,

tocan su terminal arbórea,
sacan de él un grito inesperado.

Pero no sé qué hacer con ese grito,
no sé cómo anotarlo.

APOSTASÍA

> ¿Y qué deidad me pudiera
> inclinar a que te amara
> que ese poder no tomara
> para sí si te tuviera?
>
> Francisco de Quevedo

¿Por qué no hay madre ni María
ni hermanas de Dios
ni hermafroditas?
Las despoblaste de la familia angélica,
me dice don Francisco de Quevedo.

De la Vía Láctea
arrancaste su nombre de mí,
su estancia protectora
de los más deseados amores
que fervorosamente quise
y no pude tener.
(¿Por qué no pude, María?)

¿Y Ella?
¿Por qué no está contigo?

¿Por qué sólo Tu nombre
y no el de Aquella que perdí
en la resurrección
también negada de la carne?

María, Sierva, Hermana.
Líbrame del mal.
¿Quién para sí
si te tuviera?

Estoy de plácemes, Quevedo.
Estoy en la orilla de la madre
que regaló su muerte
y me dio el país quebrado
y sus burlescas
y *la araña que andaba
tras la pobre mosca mía.*

¿Por qué no hay madre ni María?

PREGUNTAS A LA MUERTE
DE UN POETA

¿SUBIRÁS a los templos
a devolver la voz?
¿A Ella?
¿A quien por ti habló en el mundo?

Las cintas que enlazaron
tu sueño con la muerte
están contigo y nadie
dará fe. ¿O hay alguien, Eliseo?

Llevaremos tus preguntas a la ofrenda
        ¿el Tú de ti a quien a oscuras ruego?
y por ellas seremos perdonados.

TESTIMONIO

No tuvo hijos,
se lee en la caja de su cuerpo.

Casi nadie la visita.
Escribe cuando tiene algo que decir.

No gasta la vara del poema.
La lleva como báculo.

V. VÍSPERAS

TIRESIAS

Si viniese ella con una rama de tamariz en la mano
y tomase a mi amado entre sus hojas y a mí con su
   dulzura,
si en su hondura bebiésemos del vaso
mitad-esposos-mitad-desconocidos,
si tu serpiente, Tiresias, se juntase
y mi sexo fuese desplegando crecimiento,
si mi amado amamantase a la hermosa concubina
y yo entre los muslos apretara
semillas de arroz para los nuevos desposados,
dime, Tiresias, ¿quién gozaría más
en esta prueba de ser en el otro la mitad-tajada?

BREVE SUEÑO DEL PERDÓN

Embriagamos nuestros cuerpos.
Palpo su respiración
y el campo se oscurece.
¿Perderemos el arte
de fingir serenidad?
¿Perderemos la estancia
seducidos por el sueño de vaciarnos?
La voz del poeta lanza dardos
y los pájaros se acercan a beber.
Su pulso me abre suavemente.
Señor, sus manos respiran en mi cuerpo.

Absuelve a tus hermanos.

ÁNGELA

Mi padre me eleva al vacío
me obliga a caer en el despeñadero.
Sueño que los brazos de todos los hombres
me reciben en la tierra
besan mis hombros
protegen la semilla de las alas.

"Ángela, la meretriz", me dicen a voces
mientras mi cuerpo
impregnado de muerte bocarriba
mira a mi padre
oscurecer el cielo
con otros zopilotes.

BAJO EL VOLCÁN

A la memoria de Álvaro Quijano

Esta ruina no es una condena, Álvaro,
es un jardín, María,
la enseñanza común de cada octubre.

El demonio que expía su noche en mi vigilia
me ofrece el yo de una oscura lontananza
me da a beber su leche agria.

Octubre ha pasado ya como otra prueba
esta vez sin ti, para siempre contigo.
Estuvimos juntos en el mismo sitio.

Y tenías razón. Este jardín es una ruina.

AÑO NUEVO JUDÍO

Llega el tiempo de contar
el trigo y la cebada.
Rompo la trenza del pan,
planto una migaja en la base de la lengua,
planto el año nuevo para que el tiempo cierre
y el fulgor de la casa expanda su dominio.

"Inclínate, hija,
levanta los jazmines
que palidecen en la calle."

Y por la ventana
vi las hojas quemadas del otoño
pero no quise
prensarlas para mi hija.

Ella alimenta un ave interior,
flor de sombra nacida con el año.
Ahora duerme en su espesura
y yo escribo en su regazo.

EL INICIO

En lo roto del alba
    entran las moscas
        a enrojecer la carne
        a tapiar la luz.
Se prensan en la caja de mi cuerpo.
    De la noche
      del grito
         entran para anunciar
que han vuelto del delirio.
    La mordedura tajante
        esparce el agua de la córnea.
      Del grito
de la noche
    en lo roto del alba
      las moscas dicen
        que el diluvio comienza.
Y el deseo irrumpe.
    Nace
      entre los dos
        como un bastardo.

AD AETERNUM

Me habla de Sodoma.
   "Allí está el cerco que levantó la lumbre"
      dice en arameo.
         Lo dejo dormir, lo dejo hablar en su deriva.

Mi amado sueña que Dios le da con el estribo
   y juntos atravesamos el cerco de la lumbre.
      En ese páramo de sal
         nos miramos flotar en el Mar Muerto.

Aliso su pelo con la sombra de mis dedos.
   Aparecen las moscas de mi otro poema,
      me dicen que estamos solos,
         que nadie nos va a salvar.

ÁRBOL ENFERMO

Veo las mordeduras de su tronco
la rama astillada de la horqueta
el muérdago bajando a la raíz.
Así ha vivido este árbol:
desnudo, sin altura ni estaciones.
Longevos pero enfermos,
   en los rumores de una vieja lejanía,
     sin un instante de esplendor,
vetustos, nubilosos,
   ¿cuántos amores
     cargan su desgracia de pie
       como el árbol de mi texto?

LA INSCRIPCIÓN

Veo en ti al corsario
    que murió en San Juan de Ulúa
        al guardafaros de la isla en la prisión
            al solitario caminando en la escollera.

La luz de todos esos hombres
    entra en la hora de las vísperas.
        Estoy en una iglesia frente al mar
            abrazada de esa luz y su arabesco.

Hoy es el día siguiente.
    Vacía, en mis cuarenta años,
        descubro en los muros la inscripción:
        Sálvame, María.

BALADA DE S.

A Guadalupe Alonso

Fui por unos días la mujer más bella de mi ciudad. Llevaba un vestido con doble aura. Abajo, todo se flechaba en un tiempo preciso.

En el camellón de Insurgentes fui el tigre de Blake, en San Ángel hablé con los nimbados pájaros de Dios, en la Plaza del Carmen encontré a mi madre fumando un cigarrillo. Supe sostener mi fragilidad.

Ser perfecta era como mirar un huevo.

Por unos días fui la acuciosa evangelista de Santo Domingo, recé en la sinagoga, caminé por los portales, entré en la catedral con un aire divino.

Afuera toqué la piedra de la diosa y no me respondió con su silencio: hablamos hasta el alba y al besarla volvió a dormirse porque la tibieza de mi fruto era como un sueño de bienaventuranza.

Encontré a Álvaro en la cantina, a Héctor recargado en el Monte de Piedad, a Norman dormido en la Alameda. Mi padre me vio pasar. Su corazón flotante, blanco, parecía una rara pieza de granito.

También hablé con dos perras de la calle. Una amamantaba a sus crías y derramó su leche en el cuenco de mi mano. Como una tortuga mojada, esplendía la ciudad. Más adentro la noche y en su núcleo la rotación que pude tocar con estas yemas.

Después de un tiempo el huevo se hizo agua y un rizo de sangre cosió mis lagrimales.

EL PUÑAL

> Ánimo. Ahora.
> Al menos salvaré el placer, Dios mío.
> Dame el puñal.
> ODYSSEAS ELYTIS

¿CONOCES la verdad
sobre quién se va al cielo?
¿Quién se va?
Allí encontraremos naranjas, me dijiste,
higos abiertos en ríos de juncias.
Abajo el valle azul
adentro los polos
adormecidos en la región del coñac.
Padre mío en el cielo como en la tierra
es hora que salgas de la invisibilidad.
Toc-toc. Soy María.
¿Quién va al cielo?
¿Quién demonios va?
Dices mi nombre
y todo soy destrozos
así sea un artificio, me desgajo.
Ánimo, Odysseas.
Dame el puñal.

LACAYO

Antes del sueño,
bajo las sábanas luidas
entraste bebido,
arrasado por el flujo.
Y un trovador cantó a tu oído
alabanzas que no supiste descifrar.

Ay de los necios
que terminada la faena
duermen sobre el emperador
como lacayos.

LOS SERES FLOTANTES

¿Cómo sería una vida en la superficie? ¿Feliz? ¿Y habría que despreciarla sólo por eso? Quizá haya mucho más en la superficie, quizá todo lo que no es superficie sea falso.

ELÍAS CANETTI

ME PROPONGO, amado, ser para ti la superficie
ser para tus ojos sólo cuerpo
ser para tu lengua sólo ritmo
ser información para tu red.

Me propongo, amado,
ser para la noche, hoguera
y en abril como la orquídea
bajar el tren de aterrizaje
para que el peso exacto de sus alas
te guarde siempre
en el adentro de mi afuera.

Sé que las flores se abren
y yo me abro con menos perfección
pues carezco de la simplicidad divina
de estar afuera solamente.

Me propongo, amado, ser para ti la superficie
ser una estación de paso
volver a cultivar el paraíso
sin árboles de ciencia

sólo orquídeas, dame orquídeas
(flores macho y flores hembra).

Me propongo, amado,
volver hacia la epístola
y amarte hasta que la hondura nos separe.

RESET

> He vislumbrado el cielo en esta tierra.
>
> Alonso Pérez de Salazar

FLOTAN acelgas en el caldo acedo.
Llueve
y el agua levanta una nube de insectos y de polvo.

En el adentro, la música de Monteverdi
(*Vespro della Beata Vergine*)
me abre la puerta del ciberespacio.

La nube de insectos me lleva al lugar. Es 1290.
En esa animación aparece Beatriz,
construye una catedral para su siglo.

En el ala izquierda,
un rosetón con la imagen de María,
niña santa.

La horizontal del monitor se agita,
algo parece abrirse en los vendajes de los cielos.

Allí flota la núbil Beatriz
con su pálido rostro de enfermera,
sonríe arrullada en el quirófano celeste.

Un albañil subido en el andamio
dibuja a Dios azul y afeminado.

Reset

Flotan acelgas en el caldo acedo.

En el ala derecha del monitor se lee un juicio:
 "Notad qué cosa tan grande es ésta. La Edad Media no era un mundo artístico. La religión era misticismo; la filosofía, escolástica; la primera excomulgaba al arte, quemaba las imágenes, avanzaba a los espíritus a desasirse de lo real.
 La otra vivía de abstracciones y…"

Reset

Flotan acelgas en el caldo acedo.
Muerte villana, enemiga de la piedad,
madre antigua del dolor…
(*morte villana, di pietà nemica*)

¡Ah, musas! Si tan sólo hablaseis por mí.
Abridme ríos de navegación,
venid en mi ayuda.

*Unauthorized copying, hiring, lending, public performance
and broadcasting of this poem prohibited.*

ÍNDICE

I. La anunciación

La miro desde el agua...	11
Quise conocer la exultación de su carne...	12
La palabra le rompe la apariencia...	13
La cubrí de unciones...	14
Enlodé sus pies para imprimir las huellas de su nombre...	15
Al pronunciar su nombre, despertó...	16
Cuando se anda a pie quebrado...	17
Quise las piedras de su corazón...	18
Buscaba olvidarla...	19
La cáscara del árbol cae sobre los charcos de la ciudad...	20
En el espejo del agua recogió los nombres...	21
La vi palidecer en los ríos de abril...	22
En la orilla del almiar...	23
No estuvimos en la tierra austral...	24
Como el guerrero vencido...	25

II. Maitines
(Sueños con R. María)

Baja hasta mis manos...	29
Traza la fe...	30

Toco las grietas de tu cuerpo... 31
Nos fuimos lejos de la nieve.... 32
Dormitaba junto al árbol... 33
Escucho algo que viene.... 34

III. Laudes

El árbol de los nombres 41
Misas del mar 60

IV. Tercia
(Piedra sobre piedra)

Dispersión. 65
Estación. 66
Palomas en el lecho de mi padre 68
Son para el vacío 69
Velación. 70
En los esteros del Usumacinta 71
Apostasía 73
Preguntas a la muerte de un poeta 75
Testimonio. 76

V. Vísperas

Tiresias 79
Breve sueño del perdón 80

Ángela	81
Bajo el volcán	82
Año nuevo judío	83
El inicio	84
Ad aeternum	85
Árbol enfermo	86
La inscripción	87
Balada de S.	88
El puñal	90
Lacayo	91
Los seres flotantes	92
Reset	94

Este libro se terminó de imprimir en diciembre de 1996 en los talleres de Impresora y Encuadernadora Progreso, S. A. de C. V. (IEPSA), Calz. de San Lorenzo, 244; 09830 México, D. F. En su composición, parada en el Taller de Composición del FCE, se usaron tipos Garamond 3 de 14:18 y 13:14 puntos. La edición es de 2 000 ejemplares.

480 OF FS 1 1 01
12/22/97 32550